想你在墨色未濃

楚影 著

現實裡垂釣微光／蔡琳森

常常自問，現實倉促，何以詩為？更多時候，日常現實歸屬一種既予的慣性與邏輯，缺乏色澤，難於飽滿。語言作為一條與蒼白的現實交涉的水平面，更常顯露如程式碼般的不可讀性，如水面下留存巨大的空白，無以垂釣。在同樣的現實介面裡讀楚影的詩，有時深覺無法迴避其詩行間清晰的語言風格，他的詩語言更多流露水面下的動態身影，其中有他的生活經驗、他擁有的關係、他戮力維繫的生存姿態，以及他的憂傷傾訴與自我質疑。

楚影的第一本詩集《你的淚是我的雨季》，調動了綿密而古典的詩性語言，其中種種典出《楚辭》與其他古典文本的意象群，構成了詩篇之間奇妙的互文性，也讓《你的淚是我的雨季》恍若一場穿越蟲洞的時空趣險，透過詩句，可以瞬間與各種異時空維度交涉。但《想你在墨色未濃》則較趨近當代日常的詩意情境，語言更精鍊而淺白，書寫主題也更趨向現世，如感情生活、物質生活甚至政治生活及倫理生活的關懷，在此中被更深刻地挖剖。彷彿揭示了詩人凝望的視界已探入更多異質的窗格，如〈更多的啟示——致辛波絲卡〉：

死亡沉默的表情，
從來沒有不同，
世界依然轉動，
你我在詩裡重逢，
為此，一個問候的靈感，
介入我們之間。

關於這樣的時刻，
雖有千金亦不可得。
我還寫著詩，
你還是和煦的解釋，

像陽光一般的真實，
留下更多的啟示。

如果有所遺忘，
你說請對沮喪。
我問那什麼應該記得？
你微笑著：
珍惜的幸福，
書寫的孤獨，
以及相信，
愛——生而為人，
必須的責任。

是創作自覺的刻意為之？或僅僅是語言風格有所轉變？我們並不得而知，但詩人並未完全捨棄以往的書寫軌跡——或是決裂的猶疑——詩中仍存留了其偏愛的古典元素，舉例如下：

太白難得勸我不入酒肆，要我今晚
仔細翻開你動盪的詩卷
一眼即見
在頁末蜷縮的婦孺
抱著苦字死命地哭
縱使直入雲霄也仍無盡處

我低頭看著你愀然
向天下望去的雙眼
生平一筆過處就是一場兵燹
而我如今才得以洞明
落在你肩上的塵埃有多麼沉重
更別提從長安傳來的烏鳴
會激起你難言的心驚

——節錄自〈夜讀杜甫〉

魑魅依然於夢外紛擾
你已脫離了衰老
如果可以相擁
請給我至上的平靜
讓淋溼的靈魂壯大
勇敢行走雲霧之下

無所畏懼，也就無所
寂寞投詩於汨羅
江湖的終點究竟是什麼
鴻雁逕自飛著
關於命運的天涯
你笑而不答

——節錄自〈天末懷李白〉

古典與當代情境的穿插，在詩集裡形成奇異的對語，彷彿默然對坐的少年與老者，觀望對方新生與斑白的鬍髭，各自沉思。也許，此即詩人在種種嘗試與摸索的經驗裡與更多自我可能性的對談實錄，也許人生諸多的苦難、諸多的離緒與無常嗟嘆，已帶來不可折抵、無可言說的轉向，偶然間轉身為詩，其中更多語言及思緒從絕對值中順利逃閃，在「已然」之前觀望，更像一則「尚未」的不等式，在現實情境和語言之間試探曖昧的維度，正如未濃的墨色，包藏更多可能性，保留更多詩意的轉圜空間，在無盡重複的茫茫黑夜，為我們燃現一絲溫暖的微光：

想你在墨色未濃
那樣的永恆
但也僅止於一段抒情
回神後立刻拂袖，唯恐
找不到自己
無意之中卻因為你
讓衰頹的語言
在秋日次第蔓延

懷抱已經遠遁
你默認的眼神
夕陽下，曠野的南方
是我甘心流離的去向
那你的腳步呢
是否依舊直覺的
怕人尋問，低頭走入
意義煢居的路途
原來沒有說破的
偏執我們都做了

應該癒合卻破碎的年華
還能喚來什麼嗎
記憶無法回答
縱然是跟隨至今的傷痛
也只能替我們坦承

一行一行的形容
裡面完整的蹙眉
有飽滿的淚水

——〈想你在墨色未濃〉

浪漫情懷於此結束／洪崇德

交會於楚國情懷的精神嚮往與現代社會的肉體現實，讀楚影的創作總帶來一種獨特的感受經驗。他的詩作沒有太多齒輪運轉般的操作感，更多時候講究自然而然，本質無疑是親人的。字句簡單，滑順好讀。不知為何，我卻常覺著他內心壓抑，情感往往如圖中之匕般藏得至深，稍一出鞘，其過份純真、浪漫的大男孩眼神往往刺得我自慚形穢。或因如是故，相交了幾年仍似神交多些，我對其人其作，大抵存在這樣的印象。

在面對這樣一個為人悶騷，相處時節制自持，為詩卻浪漫得無可救藥的詩人時，讀其初試啼聲之作《你的淚是我的雨季》，他對浪漫思緒的投入多少令我有所懷疑。試觀其同名詩作中句子：

情緒洶湧了千年別再壓抑／脆弱如你的淚是我的雨季

——〈你的淚是我的雨季〉

自千年之情，一朝翻轉為雨季般傾瀉，這全無保留的天真爛漫固然至誠，畢竟用力甚猛。一往情深卻毫無妥協，實在難令我確認是否為一件好事。

這卻又無可否認的是楚影詩作的特色：把近乎直覺的情感作為起點，再以此伸展。從A點到B點以直線相接的詩作從來不少，像楚影這般要拿直尺丈量的卻又是那麼希罕。在他的第二本詩集《想你在墨色未濃》裡，多少保留了這樣的習慣。既往的古典情懷仍在繼續，詩作本身讀來也如其眼神般澄澈無比。

在楚影的情詩內時常存在一個或有或無的對象：「你」。本著對其悶騷個性的好奇，我更著眼於窺探他詩作情境中自我的位置，竟也誤打誤撞對其兩本詩集中有了一番比較。

《你的淚是我的雨季》中往往以懇求的姿態把自身放得極低，卻又義無反顧在這段愛情中呈現痛且快樂著的斯德哥爾摩症候群傾向；《想你在墨色未濃》讀來既多了幾分近乎離別的哀戚，卻又能重新在面對焦點時確立自己。例如在〈沒有什麼能阻止我們〉之中，他寫下這樣的句子：「我的愛那麼國王／你的后冠如此堅強」。在個人意識的整理上，如拔出石中劍後的亞瑟王，對自我的王權有更深刻的把握。

彷彿是大量對「你」纏綿悱惻的私密情感和某些近乎挫敗的情緒互相拉扯產生了質變，楚影寄情的位置顯然轉移到更完好的生活想像。而在跟上意識的過程裡，文字上從自憐羽毛的懷傷走向孔雀開屏般的展示，眼界始寬，卻不稍減其善意。

《想你在墨色未濃》的開始，楚影續寫著一往情深的調子：

因為是你而我願意
相信曾經的荒涼都能夠忘記
此情綿綿，天地終要深鎖
我們成為偕老的琥珀

——〈因為是你而我願意〉

深鎖的天地，一如我所熟悉那個無從窺探心意的楚影，但其以琥珀為情感的當下，封存的卻是一番美好心意。不惜以自我封閉的方式來成就保護機制，情堅如此，亦不免教人動容。而這樣出發於至善，對美好的想像從輯一〈你還是我最溫暖的王國〉開始被逐漸推動、運轉，在輯二〈你靜靜的讓自己〉中還有所延伸：

雖然有星星坐鎮夜空
畢竟太遙遠了
所幸困窘的時刻
你是最明亮又接近的

——〈我們知道遠方〉

以星星的遙遠造就失落，又因失落處境而成功翻轉出對眼前人的發現。美好的人事從不失其珍貴，卻已相對有了遠近的分別。對一往情深的詩人而言，距離與分別不能不使其感到困惑。

在輯二中，對於祕境、時間、愛、乃至死亡這樣的意象更深刻的被運用……隨著宇宙觀的開展，詩人對世界的探索越來越窮盡，卻也因此對自己周遭所握持的美好失去了衛星定位：

也相信塵世依舊有愛
只是已經不再
對你的溫度有所期待

——〈其實我都離你甚遠〉

灰心喪志的情緒在此一覽無遺。一直到他終於消化完這些新知，這才有了「有些美麗不再歸來／那終究是要遠去的」（〈時間總讓人澈底明白〉）這樣的一個自我和解。

和解本身全非放下，至少對楚影不是。楚影對著自然萬物時常投以極大的關懷和吟詠，但這樣的親和卻未曾讓他對自己的態度稍稍寬容，反而更映襯出他內心世界的不安，讓情感在欲拒與欲迎間持續的拉扯。

也許是出於對楚大夫情懷的長期浸潤使然，楚影的懷古自覺在此時驅使他從可能的消沉，轉而將理想中兼備美善的良人，投射到了這污濁的人間裡那些更顯得高潔的象徵，做法上顯然暗合古風。輯三中，楚影的姿態甚至從懷傷或追求，進一步成為了捍衛：

楚的理想啊理想的楚
遙想你當年勇敢的每一步
讓我也決定好好保護
我的美人，我的遲暮……

——〈你的神采依舊憂戚〉

從神思轉為行動，從個人的內心世界走入現實，而懷傷焦慮如一貫熱烈的情感般溢於言表，這身分轉換與思想微調，對楚影其人其詩並不容易：他的作品中向來對自身情感與外界的疆域有嚴格的劃分。而當個人情志不得不與世界接軌，楚影既能堅守一部分的自我，更進一步昇華自己的意志，以碰撞來實踐情志的方式令我既心疼又佩服。

彷彿出於這樣的理由，較諸上一本作品，於副標引用令他有所交感的句子的情形在這本詩集中變得更加常見。而他對於追求更美善的決心，在輯三已經初見端倪：

為了一次比一次更愛你／我是我自己的情敵

——〈為了一次比一次更愛你〉

浪漫的情感因熱烈而成為鞭策與自我超越的動力，這樣的強大終究讓他突破了自己感情的困囿，從而探索著更多的可能。在他醉心古典與浪漫的刻板印象以外，對時局的憂慮與對當代人物（如〈這樣的時代〉遙祭林杰樑醫師、〈最後的魔術師〉緬懷徐生明總教練）的致意終於加入了題材揀選的序列，這些現代化與外界事物的參與，正逐漸使他從一往情深的牢籠中出走：

因為你管定了
所謂的毒物，每一個
都別想心存僥倖
我們才有不被愚弄
接近真實的可能……

——〈這樣的時代〉

好好休息吧，更理想的明天
我們會繼續努力實現

——〈最後的魔術師〉

作為一種習慣，楚影把個人情感的一往情深，投射到對往生者的緬懷或真實的追索中，並且勇於把這樣的責任一肩扛下。而對如此或隱喻或明白美善對象追索的胸懷，在輯四〈誰都不用再問了〉中越發顯得無悔，甚至於詩題、詩句中俯拾可見。僅舉以下作品為例：

從信仰的日子開始
當一個堅持的士
在你的魏闕
盡責守護所有的季節

——〈從記得的日子開始〉

捍衛的意象在楚影詩歌中並不少見，卻要到了輯四，才進一步與士的堅持結合，為抽象的情緒與神思增添了精神的強度，進而達成更形象化的效果。從個人漫長且近乎困頓的思索中得出結論，並為此持節，這是屬於楚影的浪漫。自輯四至輯六，那些懷古的憂慮與意象大量減少，各輯的思維調性上顯得集中許多，作者應於此完成了更多的自我確認。

這樣的思想層次進步本身卻未令他從眾或得以心安，反而因成為思想上相對的少數而更孑然一身，更侷促不安：「舉目所及的枝葉皆不言／風是唯一的破綻」（〈危邦〉）、「充滿對現實的關心／為何眼前的國家／逼迫我不能愛它」（〈江湖的解釋〉），至此楚影的失望顯然更大，失望也越發強烈。在輯五〈想你在墨色未濃〉中，先前對於守護的真切與熱情都被消磨，形單影隻的探問口吻，甚至頗有幾分屈原「眾人皆醉我獨醒」般的憤顢。

以古典意象雜揉直白語句，楚影的意象揀選向來不是什麼祕密。這樣的混搭於如今年輕一輩詩人中相對少見，彷彿已成為一種特色。而對於將這前人已有成績，而今卻少被著眼處作為筆耕的方向，楚影顯然樂於其中，甚至試圖煉造出屬於自己的突破——其成績如何，仍難輕下斷言。在我看來楚影的嘗試還在持續，但在目前的作品中已逐漸有了一股耐咀嚼的氣味。特別在和先前的詩集比較時，這樣持續提升的態勢更是清晰可見。

楚影的含蓄與猶豫在輯六裡充分展露，越來越呼之欲出的情感，卻試圖在本輯中以時間作為外衣包裹，好增加距離感。這距離會稍稍減損情感的真摯嗎？我不認為。我格外喜歡〈節度使〉一詩：「我可能是一條魚被哺養一隻幼鳥／一朵花絕望在大地的衰老／如今終於走到信史之荒／餘生匹馬單槍」，這樣的自抒胸臆，不管是語言節奏抑或意象運用，都表現了足夠的語言張力。對自然的全然接受終於讓他掙脫先前的哀怨，以一身或俠或士的骨氣去迎接自己將要面對的一切。從一無所知的浪漫到遭逢挫折，再到一往無前的無悔。楚影的詩境，在此處顯得大氣堂皇許多。在有了這樣的認知與爬梳過程後，我們才能夠回顧〈想你在墨色未濃〉一詩，重新設想，探索這首詩裡囊括了多少關於這本詩集的主題，並藉此思索這位年輕詩人完成了什麼。

循著手邊兩本詩集的步伐，我有充分的理由相信，楚影正逐漸從一個善作家常菜的主婦慢慢學會運用更豐富的食材——雖然離五星級大廚仍有距離，但我仍樂於見到，選材視野的拓寬逼迫那個性格內斂又充份耽溺的楚影與外界交融，從而創造更多的可能性。

卡謬在《反叛者》中提到：「浪漫情懷於此結束。」當我的朋友楚影那向來澄澈的目光深處，或多或少因精神上的入世而逐漸顯得憂鬱，我卻是滿懷期待，期待他身上那些古典與現代的磨合，終將溫養出美麗的花朵……

現實裡垂釣微光／蔡琳森 3
浪漫情懷於此結束／洪崇德 11

你還是我最溫暖的王國

末日 28
因為是你而我願意 30
我終於也成了一個病魂 32
更愛的方式 34
夜讀杜甫 36
密斂 38
從此 40
路途 41
裸露的意義 42

你靜靜的讓自己

一切 46
日常 48
如此時節 50
我來到了你的祕境 52
我和你 54
我們知道遠方 56
更多的啟示——致辛波絲卡 58
其實我都離你甚遠 60
時間總讓人澈底明白 62

至於太過憂傷的

你的神采依舊憂戚 66
為了一次比一次更愛你 68
牽著手成了愛人 69
時間沒有行蹤 70
第一道鋒面 72
這樣的時代——致林杰樑 74
最後的魔術師——致徐生明 76
極其喜歡 78
記得 80

誰都不用再問了

天末懷李白 84
即使世界都在沮喪的時候 86
我明白了一個意義 88
我要告訴你一種哀傷 90
留存 92
超新星 94
維持等待的姿勢 96
從記得的日子開始 98
凝視時間捨我們而去 100

我想寂寞有一種回答

危邦 104
江湖的解釋 106
似雪的沉默 108
我原諒你陌生的瞳孔 110
沒有什麼能阻止我們 112
修遠 114
渡過 116
想你在墨色未濃 118
至少已經知道 120

回音

六脈神劍 124
牽涉 126
如果當時 128
你一直都是風——致鄭南榕 130
指認的輪廓 134
星霜 136
為什麼你的轉身 138
節度使 142
沉吟 144

傷神的餘燼／楚影 146

你還是我最溫暖的王國

我們可以阻絕雲翳的可能
不讓驟雨發生
卻往往在事後才懂
原來有時苦守的謹慎
是一把利刃
輕易地割傷靈魂

記得對不起。以及
將一個擁抱的意義

填滿所有的縫隙
為你解開謎題
不讓答案變成玻璃
然後沿著風走向你

整理好彼此的羽翼
我把我的勇氣
給你，不要菲薄自己
即使天色和情緒總是相左
即使眉間偶有雪落
你還是我最溫暖的王國

二〇一二年四月十五日
二〇一四年三月《創世紀詩雜誌・春季號》

末日

有些人坐在預言的天井
等一場荒涼的情境
看黑夜如何到達黎明
我們擁有彼此在心上
已全然無恙
怎麼走都將在同一個方向

然而尚未發生的此刻
總是會有眾多的臆測
或許高空會降下哭泣
淹沒萬惡的陸地

啊真正的洪流
時間的出口……

無論世界是否
即將執行所謂的盡頭
珍惜的意念
仍然竭力運轉
記得到末日，我愛你
末日過後也會愛著你

因為是你而我願意

很愛一個人，你會希望他陪你喜歡你的過去和未來。
——張懸

身為一個流離之人
總是不再相信
褪去頑強的斷垣，以及
墨綠爬滿的殘壁
畢竟都已是陳舊的心事
一首失去音節的詩
但如果是你問起
我無須遲疑，彈冠振衣

將封藏的日子雪色般敘述
風雨如何飄搖沿途的苦楚

我撥雲提及的神傷
你以溫柔暖成一場終霜，讓
各自的疼痛同歸晴朗
卻記取江湖源自萬水
千山的光景有時讓人蹙眉……
因為是你而我願意
相信曾經的荒涼都能夠忘記
此情綿綿，天地終要深鎖
我們成為偕老的琥珀

我終於也成了一個病魂

避不開迎面而來的風雨
季節猝然脫序
我們跟著倉皇失語
應該煥發的晨曦竟如此衰竭
擁抱更頹敗為無人的荒野

我開始想像遠方的遠方
梧桐纖瘦的悲傷
是否會和我們的一樣
鎖住相遇的清秋
並記下當時拊耳的守候

可我又該怎麼用三杯兩盞
潑醉你的乍暖還寒
遙想自承諾以來
單獨收拾交鋒後的傷害
概括一切的灰心
我終於也成了一個病魂
懂得把殘花的風景當作
你不曾蹁躚來過

更愛的方式

城市中隱隱有雪落了
不該是那樣的
即使語言有其極限
也不要忘記交談
並勇於喜歡追根
究柢困惑的靈魂

所謂慶幸就是
找到一種更愛的方式
包容了動亂
眼淚的來源

而不凝滯時間
持續保有善意的溫暖

渾沌的時候難以明白
但一顆心只為對方鑿開
撥去思緒的雲翳
在充滿日光的懷抱裡
用珍惜推移疼痛
成為神祇也注視的感動

夜讀杜甫

太白難得勸我不入酒肆，要我今晚
仔細翻開你動盪的詩卷
一眼即見
在頁末蜷縮的婦孺
抱著苦字死命地哭
縱使直入雲霄也仍無盡處

我低頭看著你愀然
向天下望去的雙眼
生平一筆過處就是一場兵燹
而我如今才得以洞明
落在你肩上的塵埃有多麼沉重

更別提從長安傳來的鳥鳴
會激起你難言的心驚

春色是傷痕，你也難抵被歲月戲弄
搔著更短的白頭感慨而行
想必你早自覺這是宿命
於是只要手還可以寫詩就能
支撐自己跋涉所有的痛

問君有何所求
你在如風的往事中回首
舊衫為顛沛所破已無意再縫
積鬱百結終歸長嘆一聲
答我在被淚水滲透的胸臆，牽縈
一個你渴望安定的夢

密斂

再也沒有像你的清晨
能夠把我吸引
我樂意成為一種
被你看透的神情
放棄所有抵賴
告訴你我不會離開

當此生已經確定信仰
將明白所謂的堅強
即是穩居溫柔之上
偶然也會感傷

那些從寂寞而來的暮色
都是古老的時刻

你說夜深了
夜於是就深了
星星開始回歸
自己的崗位
實現密斂的愛種種的美
我們的幸福比海更深邃

從此

心情在轉身之後
往往易碎卻無法回收
你是要被封存的
念頭，僅此一個
而我不會再有所變更
隱微的傷痕知道，反正

走在季節的邊緣
就注定傾聽楚歌來自四面
我會牢記這日子和愛
如果沒有意外
又多麼希望你不曾存在
關於凋落的明白

你完全成為蝴蝶
從此不再與我吻別

路途

慢慢忘掉一些人
漸漸鞏固一顆愛你的心
這樣的路途
我願意練習祝福
聚集的烏雲
被揚棄的黃昏
相似的沉默
都能夠各得其所

好嗎請各得其所
與他人相似的沉默
被他人揚棄的黃昏
因他人聚集的烏雲
我擁有他人無法竄改的祝福
給予這樣的路途
確實鞏固一顆愛你的心
確實忘掉一些人

裸露的意義

錯愕的疆界劃在昨天
昨天的疆界劃在去年
去年的疆界劃在從前
在最凝結的眼淚中發現
有些事情被迫變成了謊言
有人走進永恆的夜晚

看著海浪依舊湧來
在遙遠的窗外
裸露的意義導致我們
苦苦斑駁至今
崩壞如面對夕照時的沉默

我們只能這樣走過
然後憑藉生命的皺摺
體會什麼應該選擇

我們背負繁多的靈魂
靈魂卻已不需要我們

後記：那一天是世界共同的時刻，寫在這裡：二〇一一年三月十一日。

你靜靜的讓自己

戲裡自刎永遠是假的
可我已經喜歡你了
你比誰都清楚
何謂美好的孤獨
揣著從一而終的心事
我想你也寫詩

別人說都知道了
卻往往不是真正知道的

沿著寒冷走到高處
任蜚語對生命解讀
你靜靜的讓自己
依靠傷口棲息

四月流轉而至的時候
你展現飛行的溫柔
就那樣睡著也好吧
從來不需要回答
愛是奮不顧身
勇於拒絕世界的雜音

後記：致小豆子，致程蝶衣，致哥哥，致所有彼此相愛的人。

一切

靈犀的親吻
蔓延擁抱的體溫
交換敏銳的兩人
夢外夢中
燭火通明
放心熟睡共枕的一生

我們在早晨裡輪流醒來
繼續依賴
繼續為彼此的輪廓
擊敗寂寞

像我寫詩給你
這般輕易

面對約定的方向
慢慢變得更堅強
穿越每個突然的困境
都只是為了證明
時間如碑似碣
刻著我愛你的一切

日常

餵了很久的貓
終於願意走到腳邊撒嬌
單肩扛起背包轉身
夕陽如此接近
又過了一天的行走
你在街道的另一邊揮手
安靜的提袋裡有一本書，兩條
配紅酒吃的麵包

共進夜晚的胃口後我們依然
說話於浴室的鏡子面前
赤裸的交談

任熱霧瀰漫
知道嗎我親眼看見
濫觴的春暖
你淺笑線條還不夠明顯

我出門時你仍睡著
早餐準備好了
在桌上，工整地寫下便條
用你喜歡的磁鐵在冰箱上貼好：
「親愛的，今天呢，
　應該也是這樣有感的。
　柳暗花明，
九死一生……」

如此時節

經過了這麼多年
懷古的洗鍊
遙指的牧童啊
長大了吧
杏花村也無須特地留給誰
不如都來一杯

不一定是在如此時節
被喚起就有可能崩解
雨準備好了嗎
從輪廓流下

多了一些意志構成
選擇的人生

紛紛的思緒
天氣在閒聊中過去
走在同一條路上
接受對方心跳的重量
原來只要活著
就得到愛了

我來到了你的祕境

不一定需要寂寞
才能維持創作
為此我如入深豁
瀑布自己
或者乾涸見底
也萬分願意

雖然有著徬徨的曾經
柳暗終究花明
我來到了你的祕境
泉湧的感動

總是讓淚水背叛眼眶
卻不令人悲傷

於是我們知道
透過擁抱
花開和雪落的時候
都存在了溫柔
幸福深刻的像是
不分彼此的詩

我和你

此夕此心，君知之乎！
——白居易〈與元微之書〉

或許因為我把淚水鑲嵌成
一方熠熠的星空
也可能是在窗邊
搔著月光的頭髮，然後遙遠
才讓我驚覺思念
其實往往都在瞬間

你是不是還記得
我們約定過的
那些微笑的時刻
是不是仍舊私藏在某一首歌
令人溫暖的旋律，或者
某一個未來的日子裡呢？

落葉尚未完全凋零之際
我決定寫字給你
雖然不用說也是明白的
但酒卻只能自己喝
畢竟我們在分隔中魂牽
兩地夢縈彼此的雙眼

我們知道遠方

這世界的傷害和夢
層出不窮……
雖然有星星坐鎮夜空
畢竟太遙遠了
所幸困窘的時刻
你是最明亮又接近的

認同的手緊握著
風吹來了，雨落下了
還有一些
情緒需要耐心關切

我們知道遠方
會有霧和雲散去的晴朗

問我為什麼笑呢
答案你已經不惑了
相視的眼神
總是傳達一種信任
我們就算繁華落盡
還是在彼此身邊的人

二〇一三年三月二十一日

二〇一三年十二月《創世紀詩雜誌・冬季號》

更多的啟示——致辛波絲卡

死亡沉默的表情，
從來沒有不同，
世界依然轉動，
你我在詩裡重逢，
為此，一個問候的靈感，
介入我們之間。

關於這樣的時刻，
雖有千金亦不可得。
我還寫著詩，
你還是和煦的解釋，
像陽光一般的真實，
留下更多的啟示。

如果有所遺忘，
你說請對沮喪。
我問那什麼應該記得？
你微笑著：
珍惜的幸福，
書寫的孤獨，
以及相信
愛——生而為人，
必須的責任。

後記：維斯瓦娃・辛波絲卡（Wisława Szymborska，一九二三年七月二日－二〇一二年二月一日），波蘭詩人，一九九六年諾貝爾文學獎得主，公認為當代最迷人、最偉大的女詩人之一。

其實我都離你甚遠

在靠近的百般
其實我都離你甚遠

拒絕異夢卻選擇離心
我們成為大雨對彼此傾盆
在不得不的轉身
背道而風馳一生的口吻
堅持過後就是晨曦將至，你我
不是都曾經這樣聽說？

眼淚始終無關是非
我知道可以迂迴

那些易於扎傷腳印的心碎
也相信塵世依舊有愛
只是已經不再
對你的溫度有所期待

時間總讓人澈底明白

天上風箏在天上飛／地上人兒在地上追
——蘇打綠〈無與倫比的美麗〉

掙脫百般侷限
從此只信仰一種字眼
如果我可以飛
卻不希望你追
我要我們一起勇敢展開
衝破雲翳的姿態

一身浪漫還是會擔心
我和你一樣想問
迢遙的方向該用什麼指引
可是冒險不就是這樣嗎
任憑誰都無法
斷言接下來會遇見的天涯

時間總讓人澈底明白
有些美麗不再歸來
那終究是要遠去的
但也知道自己能夠相信著
倘若是你在蒼穹之上
我不會有落單的悲傷

至於太過憂傷的

像薄霧那樣引人的姿態
長久如星的依賴
我知道即使溫度飛雪一般
仍然要闗切地交談
而你急需辨識的心情
總是會讓一些字句誕生

午後的雨近日喧鬧
思念暗暗渴望擁抱
眼淚成為一刻
自臉龐掉落的顏色
但我們見到對方
仍要從容幫彼此梳理翅膀

之後我就背著你走了
至於太過憂傷的
始終不用刻意說服
在每個微小可是重要的幸福
我全然相信
愛不會窮盡

你的神采依舊憂戚

又到喚醒你的時節
這是我對墨客一生的定約
你的神采依舊憂戚
隨手把昇平的簾幕揭起
要我明白並且傷悲
眼前國都的垂危

你說病早已膏肓
誰先醉了，就能入夢一場
縱然彈冠也表示不願旁觀
卻在涉世後發現

我和你一樣感到心痛
痛和你一樣屬於永恆

火熱時得到半個烙印
餘下的便往水深去尋
楚的理想啊理想的楚
遙想你當年勇敢的每一步
讓我也決定好好保護
我的美人，我的遲暮……

為了一次比一次更愛你

如果你沿著明白走來
就會微笑我的等待
鑲嵌星光的約定在堅持裡
雖然微弱卻沒有懷疑
即使黯淡我們也可以趨近
趨近更真實的我們

沒有遺忘，謹守方寸
然後繼續相信
在某一個早晨，你的
以及我的淚水都變甜了
沒有別人知道
我們無視世界在擁抱

為了一次比一次更愛你
我是我自己的情敵

牽著手成了愛人

回想那個時候
試探如投石入池的感受
我還沒有意識
能夠為你寫下什麼詩
你也尚未確定
是否讓我走進生命
彼此憑恃僅有的勇敢
決心用微笑看待明天
就牽著手成了愛人
面對戰爭和共寢
趁眼淚乾涸之前
明白了裡面
有玫瑰般的疼痛
以及銀河的寬容

時間沒有行蹤

夜深有所思的清醒
慶幸此地並非江東
亦不是危夢
憑藉凝視的瞳孔
我信，你是我的南國
貼近就能感受的脈搏

面對暫時的孤獨
胸膛依舊燃燒你的溫度
時間沒有行蹤
而我們明白如何相擁

進入彼此深處的愛
不問月光是否存在

僅僅楚字便是可歌
可泣負重走來悲傷的什麼
妃子，你且看慣
縱然今世我已無劍
仍做你無悔的霸王
許諾一生的鋒芒

第一道鋒面

癸巳之秋，第一道鋒面
不早也不晚
挾暴雨以困四方的
出現了
有人親眼，有人與螢幕相對
都在視線之內
看國土危脆

原來這些就像我們
柔弱的心
想維持一種穩定
卻也容易感到疼痛……

你仍然向我伸手
完成我袒護的追求

關於天氣的意象
常常不怎麼樣
難得的好感
也只在一瞬間
但是就算
來了第一道鋒面
或者其他，還有你給我溫暖

這樣的時代——致林杰樑

大概是這個時代
還不夠悲哀
群魔加強亂舞的存在
文明繼續假象
好讓我們記得你的輝煌
曾經照過島上

就是這樣的時代
讓人不斷感到悲哀
我們都已經習慣
有你站在前線
時而嚴肅，時而淺笑

消除生活的苦惱
從來不會只說謝謝指教

因為你管定了
所謂的毒物，每一個
都別想心存僥倖
我們才有不被愚弄
接近真實的可能……
而你倉促離去的身影
證明這般不堪的時代
果然悲哀

最後的魔術師——致徐生明

舞臺前的我們
議論紛紛
魔術師這次不知道為什麼
把自己變不見了
那些還沒找到寄託的話語
人生就這樣過去

為了挽救一隻蝴蝶
我們不停刷新網頁
或者接到電話
也只想說這是真的嗎
有沒有誰可以出來解釋一下

那個晚上的月光
其實並未成就永恆的哀傷

再多的感謝都只能
當作點綴最後的沉靜
好好休息吧，更理想的明天
我們會繼續努力實現
同時相信天堂
也有屬於你的球場

極其喜歡

曾經到過深淵
而今走來沒有惘然
往後也是並肩
向前的步伐已經熟練
如無懈可擊的詩句般
蘊藏迷人的柔軟

早就在那一刻開始關心
所有的情緒並且結論
界線模糊的季節
無妨記憶持續的書寫

對於幸福的理解
特別是我嚴重朝你傾斜

極其喜歡等待時
你像小貓看著我的真實
極其喜歡你像小貓
快樂地對著我笑
極其喜歡這樣的快樂
因為彼此而不用解釋什麼

記得

關於愛如碑石的回憶
名字就刻在那裡
有些人可以
拂袖走得很遠，而你
只能危坐記得自己
與他，這樣無法衡量的距離

誰都不用再問了

我知道有些羊群
並不像雪那般單純
這件事實的確令人傷心
但我已遇到一種眼神
並且義無反顧地相信
甚至賭上一生的勇氣去負責
誰都不用再問了
夢想面前的世界是一座巨大的風車
而我是你的唐吉訶德

二〇一二年二月七日

二〇一四年六月《創世紀詩雜誌・夏季號》

天末懷李白

默唸隱約的句子
衡量一個名字
聽錯身的陌生語氣
思索某些問題
有時候我想起你
在欠缺解釋的城市裡

魑魅依然於夢外紛擾
你已脫離了衰老
如果可以相擁
請給我至上的平靜

讓淋溼的靈魂壯大
勇敢行走雲霧之下

無所畏懼，也就無所
寂寞投詩於汨羅
江湖的終點究竟是什麼
鴻雁逕自飛著
關於命運的天涯
你笑而不答

即使世界都在沮喪的時候

無須南飛，有枝可依
我們逐步認識自己
因為季節而懂了體諒
所以我願意幫你斂藏
疲累已久的翅膀
一如往常

我們輕易又慎重的繼續
在生活裡解釋隱喻
試圖馴服乖張的情緒
偶爾會弄疼貼心的話語

但從來不曾遺忘
溫度所需的擔當

有些日子的天氣總是迷糊
有些日子適合閱讀
彼此，更勝於蟄伏
即使世界都在沮喪的時候
我也不會棄守
關於愛你的念頭

我明白了一個意義

我擁有的都是僥倖啊／我失去的，都是人生
——張懸〈關於我愛你〉

歌聽著而人走著
不必特地去感傷什麼
和你微笑的幸福才是真的
需要我們深刻的記得

我從來不曾擁有僥倖
也一直失去人生
可是我明白了一個意義

就是深深愛著你
像你決心給我珍惜
讓彼此都勇敢了自己

再怎麼分析路途
也會闖入考驗的迷霧
所幸能夠相信
你的溫暖握在我的掌心
背負確實的承諾
僥倖並不屬於我

我要告訴你一種哀傷

醉裡挑燈看劍，夢回吹角連營。

——辛棄疾〈破陣子・為陳同甫賦壯語以寄〉

我要告訴你一種哀傷
於是把命運當成飛霜
落在你的劍上
燈火通明照著
卻都不是自己的事了
在這樣的時刻
夜晚預期般的冷
來回踱步，歸屬不確定
是在哪一場夢中

面對月光學會隱忍
如何更愛一個人
我將你靜靜放在胸襟
成為無須詮釋的
典故在歲月裡跋涉
只是也不再輕易提筆寫下
曾經的天涯

等待敘述的那一邊
就留給曲折的時間
或許會驀然
被某一些詩句提醒
或許更像純粹的陌生
深信白駒已去
餘音都化為生活的情緒

留存

咽咽學楚吟，病骨傷幽素。
——李賀〈傷心行〉

在傷心的天涯
你困惑過誰的名字嗎
無數次的默寫
或許部分忽略
仍然願意筆走抒情
曾經倚靠的身影

可能是遺忘了死心
把美好的隱喻留存
例如尚未縫補的追問
晴朗陷落的黃昏
都近似容易折疊的言論
交付解讀的磨損

所謂甘心的夜晚
我將秉燭踏勘
讓等待許久的詩句
指引失序的風雨
回歸熟悉的思緒
即使昨日已恍若廢墟

超新星

聽說有神把所有的
靈感都藏在那裡了
可是我沒有什麼
堪稱特別的招式
只好一首一首寫著詩
試圖擊中
被世界提升懸賞的可能

於是啊於是
我不斷對決心事
讓每個情緒得以擁抱解釋
更趁此磨鍊

意志所必要的強悍
就算只增加一點點

看著變換的風景
也遇見了很多超新星
還有如雷貫耳的名字們
總是點燃我的靈魂
不曾忘記從前
給過自己的一個諾言：
「有一天——」

維持等待的姿勢

維持等待的姿勢我看見
在蜷縮的語言面前
你幾乎沒有破綻
更無須任何雄辯
反掌的意義就足夠攻陷
自以為墨守的容顏

畢竟從來不曾想像
與你的對抗
那不是我篤定的方向
我已磨光稜角

接近並親吻你，至少
彼此可以由衷的笑

彩虹和閃電
總在適當的天空出現
不變的日子有時
會茫然於一種若失
但我的愛生而來就是
要陪你突破世界的多事

從記得的日子開始

諸將易得耳。至如信者，國士無雙。

——史記．卷九十二．〈淮陰侯傳〉

從記得的日子開始
當一個心懷感激的士
為你做一些事
或許只是
默坐於此，愛你的姓氏
愛你每個坦然的真實

於是我知道了
像夜半鐘聲敲醒了什麼

原來背負的傷痕
苦苦的追尋
都是要成就我不可以
不認識你

能夠擊退百般的悲傷
你的美那麼無雙
從信仰的日子開始
當一個堅持的士
在你的魏闕
盡責守護所有的季節

二〇一二年九月九日

二〇一四年三月《創世紀詩雜誌‧春季號》

凝視時間捨我們而去

總以為讀一本腐朽的詩集
就能將刺痛的愛拋棄
可惜遺忘從來不是
這樣簡單的事

我知道把夜琢磨
會得到最圓滿的沉默
更明白有些感覺正如潑墨
不需要特別解說

但我還來不及反應什麼
在一顆星星獨力爆炸的

時刻，你就變成了
從銀河摔落的字句
凝視時間捨我們而去
各種傷害是情緒不同的逆旅

倘若這是你的抉擇
我也只能如此記得

我想寂寞有一種回答

那些色彩是最好的偽裝
因為這個世界根本配不上
一個美麗如你的人
原來受傷的靈魂
都擁有類似的心
如此容易成群

我想寂寞有一種回答
應該是這樣子的吧
就算昨天下過夢想的流星雨
長夜顯得空虛

也可以用文字點綴
喝酒的時候請務必乾杯

清楚或者朦朧
面對密諭般更換的風景
人生雖然充滿不確定
但我會貫徹始終
相信著遠方有人會認同
詩意的永恆

後記：「這個世界根本配不上一個美麗如你的人」為〈Vincent〉中歌詞。

危邦

本不應該踏入
為了探究誠實的深度
於是走著混亂的街道
分辨相似的擁抱
哪些是真正平靜
不屬於激情後的電影

值得凝視的面容
也許是誰陷落的感動
為此留下的種種痕跡
都決心變成祕密

從位置起身的
不過遺忘或者記得

以為學會寫詩就能夠
接近核心的哀愁
這天色將雨，更多
雲起時的寂寞
舉目所及的枝葉皆不言
風是唯一的破綻

江湖的解釋

我就算走過了列國
還是會寂寞
不如多閱讀一點
學習增生和刪減
荒廢的空白
失敗的忍耐

彈指間彼此更接近了
投桃未必報李的
即使集讚三千
也想遇見

令人感動的七十二則留言
好讓歲月多一種圓滿

然而興觀群怨只是開始
看慣江湖的解釋
我仍願意是一個懷鄉的人
充滿對現實的關心
為何眼前的國家
逼迫我不能愛它

似雪的沉默

我該怎麼留下你
在一如往常的日子裡
確認適合的鋒芒
走入光景最安靜的地方
任憑衣袖沾上朝露
舞動暢快的劍術
幽幽恨著這世道的傷痕
充滿自己的心

我不會向你提出
千百個困惑的虛無
因為比起無患此生

想必你更情願不朽的可能
就算未來中或不中
你都深信
那正是長年所追尋
輝煌的命運

我知道你終究
要回報那紅色的哀愁
風兮風兮
壯士當飲易水，所謂知己
也無須千杯
聞歌就能一醉
讓流轉的聲音去醉滿座
杯觴的痛，似雪的沉默

我原諒你陌生的瞳孔

在突然的雨裡痛哭，在
月光尚未凝結前離開
在信仰傾頹後放棄
在時間走過的地方忘記
在節奏輕快的琴鍵上沉重
在日記寫下工整的曾經

反正不是你，就是我
被愛和孤單折磨
在某個位置發現並沒有誰
可以從回憶全身而退

我原諒你陌生的瞳孔
很久不存在一種情境
即使你的遠去無聲
依舊是耳朵熟悉的跫音
負傷的我還想相信
又該怎麼對你相信

沒有什麼能阻止我們

沒有什麼能阻止我們
早晨維持夜晚的關心
擁抱，重複的親吻
唯一的眼神
職責是安撫歲月，感化傷痕
使其在微笑下稱臣

在我們之間
就連命令也是迷人的甜
無關成長與否
走路時一定記得牽手

必須珍惜的會仔細收好
哪怕偶爾的跌倒

讓流言去飛
讓城市自毀
就算末日走到我們面前
也只能默默退散
我的愛那麼國王
你的后冠如此堅強

修遠

如何從充滿徘徊的詩
裡頭明白啟示
如何把一個名字書於霜雪
也能擁有暖和的感覺
不讓遠道而來的日光
獨自照映悲傷

注視的眼神
在回憶之前都是沙塵
究竟還有什麼
可以繼續相信呢

總是想趁著夜色
抹去溼潤的時刻

不曾留下片言
遺失的卻早已被推翻
於是從此只認得
沒有認得過的
將香草種在不會害羞的身上
告訴自己愛情還很長

渡過

徘徊的意志該如何
渡過黑暗呢
百花般盛開的象徵
其實模糊不清
斷斷續續的行走
為陽光不足的日子擔憂

多少孤寂的雙眉
之下是燦爛而蒼白的淚水
世界的病態很美
一如墓園憑弔的玫瑰

思想攀附沉默
枯萎是必要的廣闊

傷痕偏愛流血的溫柔
春天也有寒冷的亂流
顫抖著肩膀
啊人生不如一行
波特萊爾，更多時候卻是連半行
都沒有的沮喪

想你在墨色未濃

想你在墨色未濃
那樣的永恆
但也僅止於一段抒情
回神後立刻拂袖，唯恐
找不到自己
無意之中卻因為你
讓衰頹的語言
在秋日次第蔓延

懷抱已經遠遁
你默認的眼神
夕陽下，曠野的南方

是我甘心流離的去向
那你的腳步呢
是否依舊直覺的
怕人尋問，低頭走入
意義煢居的路途
原來沒有說破的
偏執我們都做了

應該癒合卻破碎的年華
還能喚來什麼嗎
記憶無法回答
縱然是跟隨至今的傷痛
也只能替我們坦承
一行一行的形容
裡面完整的蹙眉
有飽滿的淚水

至少已經知道

愛讓我們有了這樣
不可逆轉的悲傷
無力感總是讓人
有一千個如果的設問
卻沒有實現的可能
啊眼前是多麼無窮的晴空

痛還是要忍耐走過
更無須負責誰的寂寞
自己仍然存在，就算
痊癒和瘡痕各半

那也無妨，至少已經知道
應該對什麼有所回報

終於懂得關上夜裡的燈
黯淡等待的夢境
對容顏不再期望，只怕街頭
重逢時延展的欲說還休
看彼此成為謎語
堅守所有的思緒

回音

風簷展書讀，古道照顏色。
——文天祥〈正氣歌〉

這個時代的風雪
總是輕易冰封一切
從時間的天涯之地
吹來猶然如昔
我闔上字跡模糊的書
整理丹青的孤獨

不該黯然下去了
我把散落的星宿收拾著
一定還有什麼
是滿腔溫柔可以確定的
就像燭火明滅之時
自成一種啟示

典型之人啊究竟
擁有著什麼樣的表情
何以和眾多的文字交談
找到相信的語言
我知道夙昔有答案
而答案在明天

六脈神劍

原來江湖茫然
早有一種說法流傳
打字其實就像練六脈神劍
我躍躍欲試
跟平常一樣開啟檔案寫詩
果然是類似的事
傷螢幕於無形，而螢幕
斷斷續續將意念吐出

感到挫折在所難免
似乎沒有透澈的一天
可能留下足以對抗時間的句子

也可能是很糟糕的樣子
例如「我沒有段譽的一切，
卻曾想像仙女姐姐……」
願意傳授渾厚內功的奇人
在這時代仍不知何處雲深
但請堅持著
總會變強的

牽涉

懷著現實的重量
灼灼的悲傷
你從江邊走入了江底
一口一口吐出夢囈
游魚說你正在哭泣
這是一場無人送別的葬禮
（我願以天下換一顆真心。
　牽涉的愛恨，
　到頭來，所託非人……）

你的聲音和一生
只為了守著殘缺的夢
迷霧彷彿沒有盡頭

任憑遲暮消瘦
曾經溫暖的胸膛
再也不認識自己的模樣
或許是完美的結局
（我早就明白越是疑慮，
　越是難以言喻……）

這塵世仍舊衰敗
以一種長久的姿態
招搖的青苔
蔓衍成你的歸鄉
吸收文字強勢生長
讓離群的孤憤不斷增加
日月還能回答你嗎
畢竟，汨羅只活在歷史裡了
（那我究竟等著什麼呢……）

如果當時

無端的華年，無端
可憐錦瑟難成調的弦
蝴蝶最害怕的也莫過
沒有遇見莊周明白寂寞
杜鵑將血一般的春心啼著
究竟能向哪裡飛去呢

永不衰老的滄海
起落在目睹的胸懷
漫長是為了等待
日月虔誠的和煦

讓藏在煙霧裡的玉
安於成為以淚凝成的思緒

「如果當時……」
用再絕美的辭彙敘事
也永遠構不成真實
唯有曾經喜歡的
表情寂靜地在一個
分岔的道別之後活著

你一直都是風——致鄭南榕

獨裁的幽靈不曾衰老
還將未臻成熟的美好
揮霍得所剩無幾
雖然我後來才認識你
仍感到對不起

我知道你會跟天空說話
大抵是無奈此類吧
當時也在下著雨嗎
我希望不是
但對愛你的人來說卻是

一切都被擠壓的環境
剖開來滿是傷痛
你拒絕將就虛言
只是因為信念
能夠抵抗真實的黑暗

僅僅相距一個世代
我所見的軌道依舊頹敗
這天下如是
紛亂，尖銳如是
你的敘述如是

你知其不可為
而為之來者的是非
我不知道你會

笑著說可畏，可畏
還是望著說可畏，可畏

你說與你無關
可是今朝的改變
那些志士們
不過是在捍衛你的命運
用你的餘燼紋身

不斷的追索
仍不及你萬分的寂寞
熱烈拋擲的歲月
更成了你預言的眉睫
向未來的定約

你果決沉默後的身軀
是昭然的警句
還有不少事情
需要更多力量去完成
如今已有繁星主動

有一種說法是這樣的
只要不被記得，
就是消逝了
而你一直都是風
最白由的那種

後記：鄭南榕（一九四七年九月十二日－一九八九年四月七日），人權維護者。詩中「剩下就是你們的事了」，為其傳世名言。

指認的輪廓

不是無心人，為作臺邛客。

——李賀〈河陽歌〉

我知道你的身上
孤獨宛如日常
總有一些時光
能夠讓你指認我
來到此地的輪廓
就算境外依舊寂寞

書攤開在凝聚的視線
你刪去最詩意的片段
卻用模糊的年華
感性地抄下：
「誠實的月色，
　不過待價罷了……」

但你的話語已經
刻入瞬間的永恆
我早坦然接受
憂傷是流溢不止的酒
沾溼記憶的所有
為此我們只是互相頷首

星霜

你可以解讀嗎？就像
走過曾經猶疑的地方
而不再感到流浪
懂得從月色中釋放
禁錮已久的聲響
螢火點綴的星霜

再回首就那麼遙遠
風輕依舊雲淡
和我一樣蒙塵的身影
你會不會心痛

跋涉著的浮世
都要成為蒼老的故事

季節變得太模糊了
熟悉的城市還昇平著
我想我應該要
告訴你其實我不知道
什麼是仍然記得的
又有哪些是已經遺忘的

為什麼你的轉身

偶爾我會覺得如果不是
你讓我認識
何謂磊落二月的風
也許我的人生
不會有撕裂的疼痛

如今我越來越確定
是你讓我辨明
何謂磊落二月的雨
沒有留下給我的片語
只有複數的憂鬱

可是你的轉身為什麼
間隔這麼遙遠了
就算要到八荒
我也不想你獨自悲傷
情願和你前往

聽說你去遠方看了海
得到一種離開
祕密方興未艾
任何文字都太安靜
無法敘述完整

我相信動盪的愛情
必定存在世界中
月光流轉曾經

你的神色和聲音
勉強保存了我的心

日常的空缺
夢醒孤寂的徹夜
幾次想要忘卻
關於這樣的等待
我已經不能不明白

多年後我終於敢跋涉星河
卻不知道哪一顆是你的
但是我會記得
那些驀然而永恆的時刻
讓眼淚曲折

節度使

最豐饒的是星辰
映照思歸的心
再酷寒的無語的氣候
我仍要鎮守
傳說此地
曾出沒邊疆的詩意……

順著時間的脈動行走
昨日之去不可留
我趁歲月尚未褪色前
整頓殘存的情感

在關外絕塵
朝內涵的意義追尋

或許真有輪迴
只是虛名都將沉睡
我可能是一條魚被哺養一隻幼鳥
一朵花絕望在大地的衰老
如今終於走到信史之荒
餘生匹馬單槍

沉吟

月明星稀，烏鵲南飛。
——曹操〈短歌行〉

聽說南方溫暖
而遷徙沒有所謂的門檻
誰來安慰北面
蔥蘢蔓延不止的斷垣
我記得你的腳步
總是朝風的去向深入

敘述一旦流傳
最後都會變成浪漫
綻放於歧路旁的花
這是你想表達的嗎
以雨中淚水般的眼神
悠悠我注視的心

枝頭上烏鳥的身影
像極了孤絕的曾經
圍繞著我的是你
終究不來的停留也是你
看見夜空仍然月明
星稀了夢境

傷神的餘燼／楚影

從《你的淚是我的雨季》開始，至今尚未兩年，對我而言，無論高興或沮喪，寫詩是一種記得的根。物換星移，我一樣帶著詩，走入另一個地方，依然是想念的，那些只有走過了曾經，才能明白的深刻的夢。

無須翻開詩集，一窺同名之作，稍微熟悉李商隱的人，想必都已經看穿了，詩集名稱是脫胎自〈無題四首〉之一：「書被催成墨未濃」。我偏愛這樣的句子，奮筆疾書卻渾厚的感情，但我始終不喜歡上一句：「夢為遠別啼難喚」，因為發現催成的代價，太過傷神。

任憑東風吹遍，淋雨走過的足跡。在天真裡放肆，可能是早已自知的倔強。後來才明白，歲月要告訴我的：無論墨色濃或不濃，傷神的程度絲毫未減。經歷離別後的日子，不斷遇見的，還是空言，還是無蹤，還是月斜，還是五更，蓬山還是那麼遙遠的地方，已恨的還是不堪蠟照的悲傷。

更黯然的是，一寸相思，根本不止一寸灰的重量。

餘燼都是容易復燃的，復燃後再度化為餘燼。當下以為就是那樣了，卻往往在一個熟悉的片段，轉換成別的屬性，例如眼淚。於是忍不住以淚當墨，寫著自己或別人的故事，不知不覺，壓抑了些什麼，也釋懷了些什麼。

於是像花一般的心，盛開和凋落都無人探究。在回憶來去之間，或許感慨，或許平靜，為了留下的心情，尋找最適合的表達，是一種重要的事，我也因此得到了許多善意。這次的《想你在墨色未濃》，同樣維持著初衷，仍然是我拒絕被遺忘的姿態，等待傷痕的回音。

誰的愛與誰的恨，糾纏，潑墨出一片江山，易改。看著身邊的人，他們的風景又匆匆換了幾幕，多少孤獨。總是想問，如果能夠重來，還會做出同樣的選擇嗎？我知道，所有接踵的溫柔，可以想念任何人，可以只想著一個人，可以誰都不想。所謂的你，更可以是自己。於是輾轉反側，永遠是擅長的，怕人尋問的——在某個夜半，不寐的雙眼。

憑恃交換的勇敢，傾覆萬愁的城，座標是困住彼此的。那麼，在擁抱以後，孤單的城牆，終究難逃隳壞。至於疑竇，總在生活失序時萌生：即使在晴朗下行走，有雲霧圍繞的天涯，也能夠看得見嗎？我相信，關山確實難越，所幸懷抱文字的我們，再也不是失路之人。

只是這個世界，一直都沒有更好，也沒有更壞，每天都對我們拋來無數的悲傷（至於幸福的消息，似乎早已淪為襯托），總是要找出面對的方式，而我，選擇了繼續寫詩。

讀詩人59　PG1267

想你在墨色未濃
──楚影詩集

作　　者　　楚　影
責任編輯　　辛秉學
圖文排版　　楊家齊
封面設計　　楊廣榕

出版策劃　　釀出版
製作發行　　秀威資訊科技股份有限公司
　　　　　　114 台北市內湖區瑞光路76巷65號1樓
　　　　　　電話：+886-2-2796-3638　傳真：+886-2-2796-1377
　　　　　　服務信箱：service@showwe.com.tw
　　　　　　http://www.showwe.com.tw
郵政劃撥　　19563868　戶名：秀威資訊科技股份有限公司
展售門市　　國家書店【松江門市】
　　　　　　104 台北市中山區松江路209號1樓
　　　　　　電話：+886-2-2518-0207　傳真：+886-2-2518-0778
網路訂購　　秀威網路書店：http://www.bodbooks.com.tw
　　　　　　國家網路書店：http://www.govbooks.com.tw
法律顧問　　毛國樑　律師
總 經 銷　　聯合發行股份有限公司
　　　　　　231新北市新店區寶橋路235巷6弄6號4F
　　　　　　電話：+886-2-2917-8022　傳真：+886-2-2915-6275

出版日期　　2015年7月　BOD一版
定　　價　　200元

Printed in Taiwan

國家圖書館出版品預行編目

想你在墨色未濃：楚影詩集 / 楚影作. -- 一版.
-- 臺北市：釀出版, 2015.07
面； 公分. -- (讀詩人；PG1267)
BOD版
ISBN 978-986-5696-89-4(平裝)

851.486 104003166

讀者回函卡

感謝您購買本書，為提升服務品質，請填妥以下資料，將讀者回函卡直接寄回或傳真本公司，收到您的寶貴意見後，我們會收藏記錄及檢討，謝謝！
如您需要了解本公司最新出版書目、購書優惠或企劃活動，歡迎您上網查詢或下載相關資料：http:// www.showwe.com.tw

您購買的書名：______________________________

出生日期：________年________月________日

學歷：□高中（含）以下　□大專　□研究所（含）以上

職業：□製造業　□金融業　□資訊業　□軍警　□傳播業　□自由業
□服務業　□公務員　□教職　□學生　□家管　□其它_____

購書地點：□網路書店　□實體書店　□書展　□郵購　□贈閱　□其他

您從何得知本書的消息？
□網路書店　□實體書店　□網路搜尋　□電子報　□書訊　□雜誌
□傳播媒體　□親友推薦　□網站推薦　□部落格　□其他__________

您對本書的評價：（請填代號　1.非常滿意　2.滿意　3.尚可　4.再改進）
封面設計____　版面編排____　內容____　文／譯筆____　價格____

讀完書後您覺得：
□很有收穫　□有收穫　□收穫不多　□沒收穫

對我們的建議：______________________________

____

____

____

請貼
郵票

11466
台北市內湖區瑞光路 76 巷 65 號 1 樓
秀威資訊科技股份有限公司 收
BOD 數位出版事業部

（請沿線對折寄回，謝謝！）

姓　　名：＿＿＿＿＿＿＿＿　年齡：＿＿＿＿　性別：□女　□男

郵遞區號：□□□□□

地　　址：＿＿＿＿＿＿＿＿＿＿＿＿＿＿＿＿

聯絡電話：(日)＿＿＿＿＿＿＿＿(夜)＿＿＿＿＿＿＿＿

E-mail：＿＿＿＿＿＿＿＿＿＿＿＿＿＿＿＿